SOUVENIR

DE

L'EXPOSITION DES BEAUX-ARTS.

ORIGINES DE LA PEINTURE A L'HUILE.

ÉCOLE FRANÇAISE DU MIDI.

IMPORTANCE DU GOUT.

P. TRABAUD.

MARSEILLE.
TYP. ET LITH. BARLATIER-FEISSAT ET DEMONCHY,
RUE VENTURE, 59.

1861.

SOUVENIR

DE

L'EXPOSITION.

SOUVENIR

DE

L'EXPOSITION DES BEAUX-ARTS.

❈

ORIGINES DE LA PEINTURE A L'HUILE.

ÉCOLE FRANÇAISE DU MIDI.

IMPORTANCE DU GOUT.

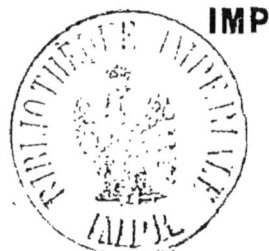

❖

P. TRABAUD.

❈

MARSEILLE.

TYP. ET LITH. BARLATIER-FEISSAT ET DEMONCHY,

RUE VENTURE, 19.

1861.

MONSIEUR DUFOUR,

L'Exposition des Beaux-Arts est terminée. Elle a été pour vous, qui l'avez visitée chaque jour, un sujet d'étude et de distraction ; pour moi, l'occasion d'y rencontrer l'un des amateurs les plus distingués de notre ville.

Je vous adresse ce travail pour vous rappeler nos richesses artistiques et votre humble serviteur.

P. TRABAUD.

SOUVENIR

DE

L'EXPOSITION DES BEAUX-ARTS.

MARSEILLE 1861.

« L'étude des arts a ce charme incomparable qu'elle est
absolument étrangère aux affaires et aux combats de la vie.
Les intérêts privés, les questions politiques, les problèmes
philosophiques divisent profondément et mettent aux prises
les hommes. En dehors et au-dessus de toutes ces divisions,
le goût du beau dans les arts les rapproche et les unit; c'est
un plaisir à la fois personnel et désintéressé, facile et profond
qui met en jeu en même temps et satisfait nos plus nobles et
nos plus dignes facultés, l'imagination et le jugement, le besoin
d'émotion et le besoin d'imitation, les élans de l'admiration et
les instincts de la critique, nos sens et notre âme. »

GUIZOT, *Étude sur les Beaux-Arts.*

Un Concours régional dans la circonscription
du Midi a été inauguré à Marseille le vingt mai
mil huit cent soixante et un. L'agriculture a envoyé ses produits, et la protection qu'on doit lui
accorder a été le prétexte, le point de départ
de fêtes brillantes qui se sont succédé plusieurs
jours, favorisées par un temps calme, une tem-

pérature tiède et un ciel éblouissant. L'Industrie,
les courses de chevaux, les régates, les orphéons,
la musique et les fleurs, les échantillons géologi-
ques, zoologiques, ornithologiques ont concouru
en ces jours fériés. Le commerce a suspendu ses
travaux forcés ; et pour couronner dignement l'é-
difice, les beaux-arts ont été traités avec les égards
qu'ils méritent. Voilà donc un événement artistique
dans notre cité de marchands et de spéculateurs !

Une Commission nommée, des fonds votés, des
œuvres d'art, notamment des tableaux, des dessins, des estampes, des meubles et des manus-
crits, des marbres, des majoliques et des émaux,
arrivant de tous côtés, pressés, emballés pour
être mis au jour et rangés en ordre ; des galeries
improvisées, quel ensemble rare et merveilleux !

Avec le goût et la libéralité, on révolutionne
un monde paisible, avide de nouveautés. A chacun sa part de mérite. Honneur aux directeurs
des Musées provinciaux, aux ecclésiastiques bien-
veillants qui ont temporairement dépouillé leurs
églises, aux amateurs éclairés, désireux d'avancer
la civilisation par la vue des œuvres d'art ordinairement invisibles pour le peuple. Honneur enfin
aux organisateurs de la fête artistique !

Mon but n'est pas d'expliquer chaque tableau,
chaque objet numéroté selon le livret. Je désire
seulement imprimer quelques idées critiques,

idées générales touchant les phases de la peinture et particulièrement de l'art en province. Je n'écris pas sur toute l'exposition, mais sur le côté saillant de certaines choses.

Je m'adresse aux hommes instruits, amis de la Provence, amoureux du beau, en tant qu'il intéresse et illustre notre pays.

Je m'empresse donc de les conduire à l'Exposition des Beaux-Arts, ne serait-ce que pour mémoire.

On prend le Chemin Neuf de la Magdeleine, et sur la droite entre les maisons 126 et 144, se montre le temple apollonien. On y arrive par deux rampes latérales, on passe sous un porche en bois peint, orné comme un arc-de-triomphe de théâtre, avec ces mots pour légende : *Exposition des Beaux-Arts,* le tout rehaussé de fresques enluminées et de tablettes en carton où sont gravés les noms des peintres illustres et non illustres. **Description.**

Ce temple provisoire est à la hauteur de la Rotonde, place située à l'extrémité de Longchamp, et Longchamp est parallèle aux chemins vieux et neuf de la Magdeleine.

Pourquoi n'avons-nous pas un temple plus solide, définitif, consacré à tous les Arts ? Sommes-nous pauvres, dénués de tout ? Il s'en faut ; mais la spéculation nous tue, au détriment de l'art qui vivifie.

Immortel Puget, assistez-nous ! Réveillez le noble sentiment éteint, fortifiez nos cœurs et nous élève-

rons pierre sur pierre et nous laisserons à la postérité reconnaissante le monument qui honore le plus
une grande cité après celui que l'on consacre à
Dieu, le monument des Beaux-Arts.

— En attendant, prenons ce qu'on nous donne,
et faisons des vœux pour l'ornementation de notre
opulente cité, peu sensible au vrai bon goût.

Passons au vestibule du temple, acquittons la
dette du fatal tourniquet, le διαπυλιον τελος des Grecs
ou mieux le *turnpike* anglais. Là nous attendent
des gardiens ornés de rosettes bleues, ainsi que les
distributeurs du livret.

Le livret en question est fort bien rédigé; il devra
rester dans nos bibliothèques comme un monument
précieux; il sera une archive dans notre histoire
locale. Ses auteurs, qui sont des maîtres ès-arts,
l'ont fait exact, méthodique; ils auraient pu le compléter par un avis sommaire en marge des œuvres
principales, indiquant la salle et le pan de mur où
elles figurent.

La Grand'Salle, comme nous l'appellerons, est
un parallélogramme rectangulaire, ayant plus de
six cents mètres de superficie. L'élévation est conve-
nable et le jour modéré. Craindrait-on la lumière,
ici? Non pas. Le temps seul a manqué pour tout
faire. Que sais-je encore? Peu d'habitude dans ces
sortes de constructions, trop d'économie dans leur
établissement. — Dans les galeries supplémentaires

et dans les annexes consacrées aux estampes et aux
dessins, le vice est radical. N'était le soleil de la
canicule, tout serait invisible. C'est un baraque-
ment où, selon le dire moqueur d'un étranger, se
caseraient bien des farines et des fourrages. Et
pourtant nul n'est coupable, m'a-t-on dit, et la faute
s'oublie. Fais ce que peux, advienne que pourra, me
semble la devise de la Commission.

Voici les bustes de Peiresc, de Vauvenargues,
de Tournefort et Adanson, bustes traditionnels et
vénérés en Provence.

Il faut signaler l'absence de messire Guillaume
du Vair, toujours ignoré. La ville d'Aix nous com-
munique le souvenir de ses enfants illustres ; Marseille semble ignorer le petit nombre de ceux qui
la glorifient. — La reconnaissance des peuples modernes ne serait-elle que de l'engouement? Puget
fut maltraité de son vivant et oublié durant deux
siècles. Du Vair, l'honnête citoyen, l'intègre magis-
trat, le savant chancelier, le royal garde-des-sceaux,
est inconnu chez les Marseillais ; et sa statue, je
l'espère, figurera un jour sur la place publique,
celle du nouveau Palais, si l'on veut : comme si la
reconnaissance tardive de la postérité était la seule
vraie, la mieux réfléchie, et si elle ne console plus
celui que les contemporains ont méconnu, elle
honore toujours les hommes d'un autre temps,
meilleurs juges, plus éclairés.

I.

ORIGINES DE LA PEINTURE A L'HUILE.

Une revue critique a besoin d'ordre et de méthode. L'art aussi bien que l'histoire se prennent à leur commencement.

Nous avons ici, exposés un peu haut, quelques vieux panneaux, pour la plupart des triptyques ou des retables assez bien conservés et passablement intéressants. Celui qu'a envoyé M. l'Économe du grand Séminaire d'Avignon est le plus authentique et le mieux entretenu; il est de l'école de Giotto et pourrait bien être né à Avignon, alors que Giotto lui-même se rendit dans la ville papale.—Les autres vieux tableaux antérieurs à la Renaissance, viennent du Nord et manquent de conservation ou de vérité. Celui de M. de Cambis-Alais, le plus ancien, le plus byzantin quoique Italien, mérite une mention spéciale.

Triptyque du roi René. La pièce capitale est le précieux triptyque envoyé d'Aix et détaché de l'église métropolitaine avec la plus complète obligeance. Cet ouvrage, soit par l'importance du sujet, soit par la fraîcheur de son coloris primitif, nous invite à lui consacrer quelques lignes, à cause des appréciations diverses auxquelles il a donné lieu, touchant les premiers âges de la peinture à l'huile.

On lit, sous le N° 322, la description suivante :

« Cette peinture, attribuée au roi René par la tradition populaire, est de Van Eyck, du moins quant au sujet principal, traduction mystique de l'épisode du *Buisson ardent*. Les volets représentant le roi René et sa femme Jeanne de Laval, l'un et l'autre en prières, sont postérieurs au fond du tableau et d'un élève de l'école flamande.

« Le Triptyque du *Buisson ardent* appartenait à l'église des Carmes avant la Révolution; il a été sauvé, en 93, par le maire d'Aix, qui, aidé de M. Clérian père, parvint à le faire, non sans peine, transporter à Marseille, à l'insu de la population. Le tableau, mis en lieu de sûreté par la municipalité de cette ville, y est resté jusqu'en 1804, époque où il a été restitué à la ville d'Aix.

« Jean Van Eyck est avec son frère Hubert, l'inventeur de la peinture à l'huile et le chef illustre de l'école flamande primitive jusqu'au XVIII° siècle. On célébrait chaque année à Bruges, au mois de juillet, un service funèbre en son honneur. »

1° Jean de Bruges est-il l'auteur du panneau central ?

2° Les frères Van Eyck sont-ils les inventeurs de la peinture à l'huile? Deux questions graves à résoudre, pour donner à l'histoire de l'art et de l'industrie son véritable caractère.

Nous y répondrons avec d'autant plus d'impartialité et de franchise que le sujet est important et que notre opinion s'éloigne des propositions émises.

I.

Ce n'est point la première fois que la critique s'exerce sur la valeur et l'authenticité du triptyque de l'église métropolitaine d'Aix. L'œuvre est assez capitale, et le nom des coopérateurs assez marquant pour qu'on fasse grand bruit autour d'elle. Si j'ai pris la résolution d'en parler, c'est que mon avis diffère de celui de la masse, et que, tout en ayant le désir de le donner, je me suis bien plus préoccupé de dire la vérité, après avoir questionné les autres, que de me laisser aller au faux courant de la passion qui juge sans discernement.

Est-il l'œuvre de Jean de Bruges?

En 1836, un Polonais, M. Constantin Gaszynski, publia une petite notice sur l'église de Saint-Sauveur; trois pages y sont consacrées au tableau du roi René. Ce qu'il en dit n'est guère autre chose que ce que j'avais entendu dire à d'autres; alléguant qu'un simple amateur comme le roi, plein de *simplesse et de sensibilité*, protecteur éclairé des Beaux-Arts, mais artisan trop inhabile, ne saurait en être l'auteur, et qu'il fallait l'attribuer à quelqu'artiste flamand du XV° siècle.

Il s'agit donc pour la critique sérieuse de déterminer l'origine du triptyque vu à volets déployés.

Quel est le flamand, l'homme du Nord qui s'est chargé du soin de nous léguer ce travail imposant, cette relique du moyen-âge mourant ?

Celui que vous cherchez, disent-ils, est Jean de Bruges.

— Vraiment, ce serait une aubaine, si la preuve s'ensuivait.

Le merveilleux joue un si grand rôle chez les hommes, même chez les hommes intelligents, qu'ils aiment à voir dans l'art ce qui ne paraît pas à introduire dans une collection ce qui n'y figure pas, procédant de cette tendance naturelle chez l'amateur généralement porté à exalter plus nu mérite douteux qu'à contester une valeur reconnue.

Première objection à ces Messieurs.

— Seul, le panneau central du *Buisson ardent*, peut au plus être l'œuvre de Jean de Bruges : les volets latéraux appartiendraient à un inconnu, par la raison toute simple que Jean était mort avant le deuxième mariage de René avec Jeanne de Laval, qui figure sur un des volets.

Jusque-là l'argument est sans réplique.

D'ailleurs, il faut en convenir, parmi les partisans à outrance de Van Eyck, nul n'était assez versé

dans la connaissance des œuvres anciennes, byzan-
tines , gothiques , semi-gothiques , pour affirmer
avec une autorité suffisante.

Cependant un homme compétent dans la matière,
l'un des mieux initiés d'Europe aux vieux maîtres de
toutes les écoles, M. Waagen, le savant conservateur
du Musée de Berlin, prétend reconnaître la main de
Jean Van Eyck dans le panneau central du *Buisson
ardent*. Il se fonde sur le style élégant et élevé de ce
maître, sur sa touche fine et délicate et sur les mille
détails du paysage qui se déroule dans le lointain.
M. Waagen n'est donc qu'un partisan modéré , li-
mité, puisqu'avec lui les volets latéraux sont le produit d'un bon peintre flamand sans nom, venu pour
terminer l'œuvre principale , le tableau central que
le roi René aurait lui—même importé en Provence ,
peu d'années avant la mort de l'immortel Jean Van
Eyck, arrivée en 1437 et longtemps avant son mariage
avec Jeanne de Laval.— Tout ceci pourrait être, à la
condition que le vrai peut quelquefois n'être pas
vraisemblable.

La combinaison est adroite ; mais pour que cette
opinion fût déterminante, il faudrait appuyer cette
version de deux éléments ou de deux faits néces-
saires et indispensables.

D'abord, la preuve matérielle ou même probable
que le centre appartient à Jean de Bruges ; ensuite,
comme exemple , une autre édition au XV⁰ siècle ,

**Opinion
du Dᵣ Waagen.**

d'un panneau si bien arrondi à plein cintre pour le sujet, si bien encadré dans la partie supérieure en forme de tabernacle *(tabernacolo)*, de grande chaise *(sicut cathedra)* , sans qu'il fût garanti par des volets, qui complétaient ce meuble imitant un buffet ou une armoire ; ou tout au moins, une relation historique, la tradition elle-même nous apprenant l'œuvre inachevée faute de temps et importée en Provence par le roi pressé de jouir de la vue d'un chef-d'œuvre même incomplet.

Toutes choses inusitées et non conformes à l'histoire.

Considérez aussi l'encadrement du panneau avec des personnages gravés sur un fond d'or. Ces personnages sont caractéristiques et ont des façons, des tournures germaniques, nullement flamandes. Chacun sait la différence qui sépare les écoles de Bruges et de Cologne : autant l'une est agréable à l'œil, classique pour le trait, chaude dans les tons, autant l'autre est grimaçante, gothique quand même aux portes de la Renaissance, incorrecte dans ses lignes comme un manoir du Rhin ou du Danube, froide comme les sombres forêts de la Franconie. Chacun sait que l'école de Bruges a dû précisément une bonne part de son illustration à cet esprit de résistance à la tendance germanique.

Que si l'on arrive à l'affaire principale, à la preuve que la touche du *Buisson ardent* révèle les pen-

2

sées et la touche, le dessin et le coloris de Van Eyck, on me permettra de nier, malgré mon respect pour M. le docteur Waagen et tous ses partisans.

La touche du *Buisson ardent* est puissante , non médiocre , d'un ordre élevé, mais inférieure en ces qualités à la touche magistrale des Van Eyck. Elle semble appartenir non à l'école italienne pure, mais à une école plus méridionale que celle de Bruges.

Quand on a vu les Van Eyck des galeries d'Europe, surtout ceux de Bruges, et le fameux *Agneau symbolique* de Saint-Bavon, à Gand, où la lumière dans la couleur des figures , des draperies, des pierres précieuses, émeraudes, topazes , perles et saphirs y est tellement étincelante qu'elle éblouit , on ne peut comprendre cette attribution toute gratuite et peu fondée.

Jean aussi bien qu'Hubert Van Eyck ont eu une mâle énergie, une puissance d'autant plus robuste dans le faire qu'ils étaient les premiers à travailler de la sorte. Ils étonnaient d'autant plus qu'ils étaient novateurs , plus rapprochés qu'on ne pense de l'antiquité que du moyen-âge. Opinion qui semblera moins risquée , quand on étudiera la légitime et immense part qu'ils ont prise dans l'enfantement de la Renaissance.

Je le demande aujourd'hui à tous ceux qui ont étudié leurs œuvres, s'il y a analogie entre la chaste pureté des lignes , l'habile modelé, le vif, très-

vif coloris des chairs et surtout des costumes ornés
d'or et de pierres précieuses, avec le panneau central du *Buisson ardent*, où paraissent quelques-
unes de ces qualités, seulement moins soutenues,
moins persévérantes que dans les œuvres vraies des
Van Eyck. La persistance dans le bien et le culte
du beau sont les côtés saillants du génie de ces
maîtres vénérés.

Je dis aux juges trop faciles ces simples paroles :
Avez-vous vu à Gand l'*Agneau mystique,* cette mer-
veille inimitable de l'art, ce tour de force de l'esprit humain, ce produit divin de mains inspirées
par Dieu ? Eh bien ! pouvez-vous comparer deux
choses aussi dissemblables ?

**De l'Agneau
Mystique.**

Pour laisser l'*Agneau mystique* de côté, parce
qu'il est l'œuvre sans pareille, je vous demanderai
si vous connaissez les tableaux de Vienne, de
Munich, de Stuttgard, de Londres et de Paris ; puis
ceux de Bruges encore, le St-Jean de l'hôpital, les
portraits et grandes compositions du Musée ; enfin
les œuvres toujours sublimes, car les Van Eyck
n'eurent pas un jour de défaillance dans leur carrière, du Musée d'Amsterdam, du Musée d'Anvers
et de l'ancien cabinet du roi, à La Haye, que j'ai
été assez heureux pour visiter avant sa dispersion.

Comment donc attribuer à Van Eyck, le plus sage
inspirateur d'Holbein et de Léonard de Vinci, ce
qui ne paraît réellement qu'un bon travail d'écolier
à côté de ses œuvres ?

A M. Waagen, si justement considéré, j'oppose M. Schnaazen, le directeur de Dusseldorf, tous ceux encore qui, avec MM. Michiels et Vitet, ont le culte des Van Eyck.

Je trouve surtout la preuve de mon opinion dans le classement hiérarchique des trois parties du triptyque. Le panneau central a été peint le premier ; le volet de gauche où figurent René d'Anjou avec St-Maurice, le patron de sa bonne ville d'Angers, son saint favori et protecteur depuis la mort de sa première femme, est venu ensuite, de la même main que le *Buisson ardent*, comme l'indique la touche, le coloris, l'étude des chairs, des draperies et même des animaux ; enfin, le volet de droite est le plus moderne, et à part la personne de Jeanne de Laval, qui est sacrifiée, à peine achevée, moins soignée, les autres personnages sont bien peints. Tout cela semble fait après le second mariage de René, et par conséquent, Van Eyck ne vivait plus à cette époque (1455).

Quelques connaisseurs ont voulu y voir l'œuvre d'un peintre bourguignon, imprégné du germanisme dominant alors dans l'est de la France, travaillant entre Nancy et Dijon, au milieu de la contrée où René a longtemps demeuré ; d'autres ont imaginé l'œuvre d'un peintre lombard ayant séjourné à Cologne et à Bruges, surtout à Cologne qui était le berceau de l'art à cette époque, la ville natale du célèbre Kalf, et voisine de Nuremberg, la mère naturelle d'Albert Dürer.

Ces attributions burgondes ou lombardes ne peuvent reposer que sur la touche, la couleur du *Buisson ardent*, et sur son encadrement semi-germanique.

De la Bourgogne, aussi bien que de la Lombardie au pays Rhénan, il n'y a pas loin.

Jusque-là, rien de concluant en faveur de Van Eyck, à moins de considérer, comme preuve, une aventure que je citerai en finissant.

Je fis, il y a quelques années, dans le Musée de Dijon, la découverte d'un petit panneau à peine grand d'un pied carré, représentant les frères Jean et Hubert de Eyck, à côté l'un de l'autre, reproduits d'une manière adroite et d'une ressemblance parfaite avec toutes les images qui circulent sur leur compte. Fier de ma découverte, je cherchais M. le Conservateur du Musée, pour lui apprendre ce qu'il ignorait peut-être. A Dijon comme à Bordeaux, le livret est absent. Quel ne fut pas mon désappointement quand le concierge du Musée me déclara qu'il n'existait pas de Conservateur, et que le Maire était le directeur spirituel et temporel des collections de cette ville illustre au bon vieux temps? Moi qui vois partout trop de fonctionnaires, j'ai pu, une fois en ma vie, déplorer l'absence d'un seul, là où il me paraissait nécessaire.

Ces portraits seraient-ils la preuve du séjour à Dijon d'un Van Eyck, et notre triptyque serait-il réellement le produit de ses habiles mains ?

Nullement. Ces portraits sont peints à l'huile et d'une manière bien postérieure à celle des premiers temps du quinzième siècle.

Les frères Van Eyck n'eurent de rapport avec la Bourgogne qu'à l'époque du voyage de Jean, en Portugal, en 1428, alors qu'il fut choisi par Philippe le Bon, comme attaché d'ambassade. En admettant qu'il ait séjourné à Dijon, il ne dût y rester longtemps ; et René, à cette époque, ne demeurait pas en Bourgogne, où il arriva quelques années ensuite, pour y vivre prisonnier et victime de ce même Philippe le Bon.

Talent du roi René. Reste maintenant la part à faire au talent particulier du bonhomme René. Le *Buisson ardent* ne serait-il pas son ouvrage ?

Cette opinion a trouvé dans la critique plus de contradicteurs que celle des partisans de Van Eyck. Je le regrette encore vivement ; car, après avoir combattu les partisans trop faciles de Van Eyck, je crois devoir des ménagements aux amateurs pleins de foi dans l'habileté de René.

Il suffit de lire attentivement l'histoire du roi de Sécile, duc d'Anjou, de Lorraine et de Bar, comte de Prouvence, pour se convaincre, au dire des chroniqueurs, de son amour immodéré pour les arts, soit qu'on le considère comme artiste ou comme simple amateur. M. le vicomte de Villeneuve-Bargemont a profondément étudié et a publié les vicissitudes de René, si intéressant par ses malheurs, sa bonhomie, sa foi religieuse, ses goûts studieux et ses aptitudes diverses. Partout, dans cet ouvrage complet, il est question du temps que René employait à peindre; et ce temps ne manque jamais au prisonnier du fort Bracon, au pauvre duc, très-innocente dupe de Louis XI, relégué dans ses modestes châteaux de la Loire, enfin, au paisible comte de Provence, au milieu de ses bonnes villes d'Aix, Marseille et Tarascon.

Ce serait justement dans les dix dernières années de sa vie tranquille à Aix, que René aurait pu terminer ou faire terminer, sous ses yeux, le triptyque où il est représenté, âgé de plus de soixante ans. Cette preuve en vaudrait bien une autre, à condition de prouver que René était un bon peintre, ce à quoi les savants ne consentent guères. Et pourtant, M. de Villeneuve trouve qu'il avait été placé au rang des plus habiles peintres de son siècle. Paradin dit qu'il peignit, à Lyon, plusieurs choses excellentes, car il était insigne ouvrier. Wassebourg ajoute qu'il était merveilleusement expert dans l'art de la peinture. Il est vrai que le roi fut plutôt enlumineur et miniaturiste que peintre de grand tableaux.

Ce ne fut point assez d'être malheureux toute la vie, d'être le jouet de la fortune, il fallait même être renié par la postérité, comme si une infortune honnête était un brevet d'incapacité. En conséquence, René ne sera pas un artiste éminent, l'auteur du *Buisson ardent,* œuvre d'ailleurs médiocre dans certaines parties, parce qu'il perdit Naples, tous ses duchés de France, qu'il était philosophe et avait l'air béat. Raisonnement concluant selon les tendances de l'esprit moderne, qui ne glorifie que le succès, l'habileté et le vice.

Attribution probable à Rogier.

Pour me résumer dans une dissertation trop longue et pourtant utile à notre point de vue, je nie dans le triptyque que nous avons exposé la participation de Jean de Bruges, et je crois fermement que tout le triptyque, fond et volets latéraux, sont de la même main, exécutés par un bon élève de cette école, peut-être par Guérard Van der Meire, très-probablement par Rogier Van der Weyden, qui fit deux fois le voyage d'Italie, et dut passer par Angers ou par Aix, en admettant alors que René d'Anjou n'ait point exporté lui-même le tableau de Flandre.

Cette attribution semble la plus logique.

Comme les détails ont ici leur signification, j'ajouterai que l'œuvre serait d'origine flamande, si l'on donnait une certaine importance à la grisaille que l'on voit sur l'extérieur des volets, alors qu'ils sont fermés. Ainsi, il y eut à Ypres, à la fin du quinzieme siècle, un faiseur nommé Behrens qui recouvrit de grisaille les triptyques des deux Flandres. Il se pourrait que Rogier eût pratiqué cette mode.

II.

On croyait il y a vingt ans encore que Jean de Bruges était l'inventeur de la peinture à l'huile.

Les années ont marché et les études historiques aussi. A Bruges, la statue de l'immortel Jean ne s'élève plus en l'honneur de l'invention de la peinture à l'huile, mais en reconnaissance d'un talent que les âges du monde tendent à consolider. Symbole du génie que le temps respecte, qu'il grandit et vivifie à mesure que tout périt et s'efface autour de nous.

Jean de Eyck et la peinture à l'huile.

En ma qualité d'amateur touriste, j'ai étudié la question des origines de la peinture à l'huile. Je crois avoir tout lu et beaucoup vu à propos d'un sujet aussi fécond et si digne d'intérêt. J'ai parcouru l'Europe un peu pour l'étude des Van-Eyck et d'Hemling. D'autres, et c'est une chance heureuse, ont pris les devants en publiant des monographies, des essais, des traductions, des commentaires enfin sur le sujet en question. Mes rapports avec Alfred Michiels m'ont démontré combien cet éminent critique avait porté au loin ses recher-

ches, et nos opinions sont communes. Plus tard
sont venus les travaux de M. de Bast, bourgeois
de Gand, ceux du baron Bunsen et de M. Eastlake,
consignés en 1848 dans un bon article de la *Revue
Britannique*; dernièrement encore, le docte et littéraire Vitet livrait à la *Revue des Deux Mondes*,
une série de charmants articles sur les premiers
peintres brugeois.

Il est partout admis que les Van Eyck ne sont que
les propagateurs et non les inventeurs de la peinture à l'huile. Ils auraient en outre employé avec
succès des vernis siccatifs, si précieux dans leur
pays brumeux où les panneaux imprégnés d'huile,
exposés même au soleil, ne séchaient qu'avec peine,
si ce n'est dans la saison d'été. C'est ainsi que Vasari,
qui avait visité Bruges et Ypres, nous raconte, dans
son livre sur Antonello, de Messine, les désagré-
ments causés par les traîtres rayons d'un soleil
d'été : le soleil, dans un jour d'incandescence, avait
fendillé un panneau placé sur les toits de la maison
des artistes. Vasari, qui manque assez souvent
d'exactitude, surtout pour l'origine des faits, décide
naïvement que Jean de Bruges est l'inventeur.

Chacun sait que la dispute littéraire à ce sujet
s'est terminée honorablement. Des savants, et M. le
baron de l'Escalopier entre autres, avaient soutenu
qu'un moine allemand, au moyen-âge, avait le premier fait emploi des huiles de noix ou de lin et

les avait mêlées aux couleurs. Ces travaux trouvèrent un interprète convaincu dans M. Guichard, de la Bibliothèque royale, qui publia un bon résumé. Le doute fut alors dissipé. Et j'ai été complètement satisfait et édifié sur la question controversée, en visitant moi-même la bibliothèque de Trinity-colledge, à Cambridge, et en feuilletant le manuscrit du moine Théophile, où il est traité de l'art de peindre avec des couleurs broyées et de l'huile mêlée. — Rien de plus décisif.

Manuscrit
de Théophile.

Il n'a manqué à Théophile que d'être un grand peintre pour faire prévaloir sa découverte. Il est vrai que les propagateurs d'une méthode nouvelle, comme le furent les Van Eyck, sont quelquefois les plus ingénieux et les plus utiles inventeurs.

Voyez, pour suivre le travail et les recherches historiques, Lessing (vom alter der Oelmalerey, page 361) de l'âge de la peinture à l'huile ; Carel van Mander (Het Schilder-boeck), Amst. 1617-18 in 4°, fol. 123 et suiv.; A. Houssaye, *Histoire de la Peinture;* Passavant; Michelet, *Histoire de France.*

II.

PUGET ET L'ÉCOLE FRANÇAISE DU MIDI.

Pour demeurer fidèle à la ligne de conduite que nous tenons à suivre, pour rester plus particulière-

ment attaché à l'étude des peintures qui intéressent
la Provence , nous passons de l'archaïsme du
XV⁰ siècle aux grandeurs du XVII⁰ et aux gentil-
lesses du dernier siècle. D'autres se chargeront
d'expliquer le siècle de la Renaissance, qui est assez
pauvrement représenté. Le précieux tableau du Pri-
matice , *Diane et Vénus*, appartenant à M⁰⁰ la marquise du Muy , a conquis cependant tous les
suffrages et trouvé des envieux.

Nous venons au centre de la grand'salle et nous
nous trouvons en face du célèbre Puget.

On ne voit du statuaire qu'un modeste marbre
intitulé : *la Vierge et l'Enfant*, œuvre suave, gra-
cieuse, pas encore empreinte de cette afféterie qui
marque la décadence, et pourtant éloignée de cette
virilité qui a créé *Milon* et *St.-Sébastien ,* simple
spécimen pour les connaisseurs, ouvrage insuffisant
pour les indifférents ou les illettrés.

Le bas-relief de la Consigne, *la Peste de Milan ,*
n'a pu être détaché sans danger du mur où il se
trouve enclavé. — Le bas-relief moulé en plâtre
reproduisant une Assomption , du maître-autel de
St.-Sauveur, ne compense pas l'absence de la *Peste
de Milan,* travail robuste et nerveux.

Mais Puget , le Michel-Ange français , contraire-
ment à Buonarotti, ne dédaigna pas les pinceaux.—
Pour lui, la peinture ne sentit point mauvais ;
cependant , il n'y donna guère plus de temps que

**Caractère
de Puget.**

le maître Florentin ; ses nobles qualités lui eussent permis d'exceller dans les deux genres. Ses principaux tableaux exposés le traduisent fidèlement ; ils expliquent les ressources de sa palette, son goût pour tous les arts plastiques et sa nature souple, impressionable, multiple, toujours appropriée aux idées de son temps. Puget, qu'il faut regretter de ne point connaître ici comme sculpteur, est, aussi bien que Poussin, l'âme artistique du dix-septième siècle. — Selon qu'il travaille dans la première ou dans la seconde moitié de ce siècle, il est fort ou faible, poëte ou prosateur, énergique ou énervé, fier jusqu'à rappeler les sculpteurs de Henri II, ou négligemment corrompu comme ceux de Louis XV.

Comparez à Paris Andromède et le Crotoniate.

Son tableau dit *le Sauveur du Monde,* vaut au moins un Guido Reni, un Annibal Carrache ; item, des deux portraits à la touche sculpturale ; celui de l'Annonciation se pourrait donner au sage et pieux Lesueur ; celui de Ste-Cécile tourne au Parrocel et beaucoup au Fragonard.

L'influence de ce génie méridional fut immense **Son influence.** sur les Beaux-Arts, même sur la peinture. Tout autour de lui, dans la grand'salle de l'Exposition, rayonnent ceux qu'il a inspirés, et les satellites de cet astre sont si nombreux, que l'on peut à bon droit le nommer le père du goût le plus pur dans le Midi de la France, et surtout dans notre Provence.

Aix, Arles, Avignon ont donné naissance à d'illustres peintres ; et ceux qui arrivaient des Flandres, de l'Espagne ou de l'Italie , se transformaient au sein de nos villes alors si florissantes , habitées par une société élégante, distinguée et généreuse. Puget fut un initiateur involontaire, un principe salutaire et expansif.

S'il y avait à Marseille des Marseillais, et si ces derniers avaient le sentiment du beau et l'instinct de la reconnaissance , ils élèveraient , au moyen d'une souscription publique, un temple dans lequel figurerait l'œuvre de Puget, sinon avec les marbres originaux, du moins avec les reproductions en plâtre. On saurait alors la valeur de cet homme.

Son Temple.

Je m'inscris volontiers en faveur du projet.

Dans les hauts de la grand'salle, sont appendus les tableaux d'église , attribués pour la plupart aux peintres français du dix-septième et du dix-huitième siècle.

Le doyen de cette troupe, l'ancien, le *pater conscriptus,* est Finson, dit *Finsonius ,* parce qu'il était né flamand. — Brugeois et savant, c'est-à-dire docteur en *us,* tout comme Janssens, Jansénius.

Finsonius.

Louis Finson, inconnu hors de la Provence qu'il a habitée pendant trente ans et où il a laissé des ouvrages d'une grande force, n'a pas encore trouvé son historien. N'importe, il comparaît devant nous non pour la première fois, et nous aimons à le revoir.

Ingénieux élève du Caravage, il conserve pourtant le cachet de son origine, c'est dire qu'avec du relief, des notes tranchées, il peint à froid . Il est exact, méthodique comme un maître d'école, ayant plus de profondeur dans l'idée que dans l'exécution, où il se montre habile sans génie. Il fut dignement fêté par Malherbe le poëte puriste, et par les doctes amateurs Duvair et Peyresc, qui se réunissaient à la Floride près Marseille, et ces Messieurs s'y connaissaient. Seulement les Mécènes provençaux, quoiqu'en relation avec Rubens et autres illustrations artistiques, ne savaient pas tout ce qu'on ferait ailleurs et après eux, et ils patronaient sans trop de discernement tous les mérites de leur temps. Les sceaux et le Parlement donnaient des loisirs ; ils les employaient noblement ces loisirs, si noblement que la postérité, par une exception honorable chez les Provençaux de race, a confondu dans son estime les patrons et les protégés.

Tout n'est point fini encore sur le compte de ces aimables personnages ; on ne cesserait de parler des hommes et des choses de ce temps-là.

Finsonius avait, comme cela arrive chez les esprits élevés, communiqué à son art la teinte de ses idées et il peignait comme pensait Jansénius. — Bonne fortune pour lui et ses amis.— Bonne fortune pour l'art français en général ; et pour peu que l'on observe les monuments artistiques du dix-septième siècle, on verra que la grandeur et la décadence tiennent mathématiquement à l'influence de l'esprit public religieux de notre pays. L'opinion dirige le goût.

Puget, la plus forte mais la plus impressionable intelligence du siècle, est un type fécond pour l'observateur. Son style présente tous les caractères et il résume tout un siècle.

Je ne veux pas dire que les peintres français du temps passé soient eux-mêmes des penseurs. Ils sont involontairement ce que les circonstances les font. Vrai miroir de la pensée humaine, l'art reflète tout. L'art est donc l'histoire tout entière des peuples. — Comment ne pas l'aimer ?

Finson, Mimault, reproduisent le baptême, la résurrection de Notre-Seigneur, l'Incrédulité de St.-Thomas ; Daret reproduit l'éducation de Jésus, puis Sainte-Thérèse. Nous touchons au mysticisme. Vingt ans après, Pierre Parrocel donne l'Ascension de Ste.-Thérèse, travestit la Sainte-Vierge sous mille images diverses, travaille pour les couvents d'hommes et de femmes ; enfin un autre Parrocel, Étienne, aussi faible que le précédent, imagine Ste-Ursule triomphant des puissances des ténèbres.

Daret et les Parrocel.

Le monde de ce temps-là n'avait pas le lien, la cohésion que nous remarquons dans le monde plus ancien de la Renaissance. Les Parrocel se succèdent pendant deux siècles avec des talents différents et des aptitudes diverses, puisque les uns sont peintres de sujets religieux, les autres de batailles ; les uns sont graveurs, les autres dessinateurs. Tous ont de l'originalité, bien qu'ils aient la même éducation et pensent de même. Ils demeurent orthodoxes et fidèles au roi.

Nous devons à un contemporain, M. Étienne Parrocel, la monographie des peintres de ce nom.— Ce petit livre est tellement complet qu'il vaut au moins un fauteuil à l'académie de Marseille.

Serre et les Sauvan.

Serre, le catalan-marseillais, le fécond élève de Puget, avait terminé sa carrière d'honnête citoyen et de peintre facile.

Un moment, la France n'a plus de peintres religieux, à moins de prendre les Sauvan d'Arles pour des maîtres et des croyants.

L'art et la foi si saintement confondus, semblent se perdre. Mais pareils à certains fleuves qui disparaissent dans leur parcours, pénètrent dans les profondeurs de la terre et en sortent bouillonnants, comme dénaturés dans leur essence par une solution de continuité, l'art et la pensée humaine se retrouvent, se marient encore et enfantent des merveilles d'une autre espèce. — Éternel exemple de tout ce qui vit et se modifie.

De la régence à la fin du règne de Mme Dubarry, on ne saurait croire et adorer pieusement, on ne saurait peindre les mystères et les grandes scènes du christianisme. La vie est aux salons ou sous la charmille.

Fait significatif, l'art ne périra point. Il s'amoindrira peut-être, il passera des idées sublimes aux idées frivoles ; mais le goût, attribut de l'art, est une faculté si puissamment constituée qu'il produira, alors que l'esprit religieux semble stérilisé, privé de sève pour vivre, la séduisante famille des peintres de genre, Watteau, Joseph et Ignace Parrocel, Oudry, Boucher, Greuze et Fragonard.

Peintres de genre.

Watteau, le premier entre tous, a porté la science du dessin, du petit drame amoureux, de la vie joyeuse des jardins, de la couleur enfin, aussi loin qu'on pouvait le concevoir. Les étrangers nous l'envient comme ils nous envient Molière. — *Fête dans un parc*, n° 1046, tiré du cabinet de M. R'. Gower, qui renferme des perles précieuses et trop de diamants faux.

Watteau traduisit Pierrot et Arlequin avec une vigueur digne d'un autre temps ; Molière les avait créés en maître.

Watteau n'a pas souffert que l'histoire de la peinture française eût une lacune. Il a imaginé une école nouvelle, pratique, perceptible à la légèreté et à la vanité de nos aïeux, à côté de l'ancienne école classique qui se mourait à la fin du grand règne, caduque et étouffée sous les étreintes d'une volonté vieillie. Louis XIV vieux, la France paraissait vieille.

Que d'efforts pour secouer la poudre et rajeunir !
On se jeta sur le seul spécifique connu, la liberté, et
avant de l'atteindre on tomba dans le vice. Si vous
approfondissez la nature humaine, vous irez du
charme à l'horreur. Il est bien vrai que la tristesse
est la fin des choses de ce monde.

A la mort de Finsonius, la grande peinture
trouve encore dans le Midi des interprètes dignes
d'elle. Montpellier donne naissance à Sébastien
Bourdon, dont le nom est bien connu et le talent si
goûté des amateurs. Il y a chez Bourdon les qualités
les plus précieuses auxquelles puissent prétendre **Sébⁿ Bourdon.**
les peintres français. Dessin exact, facile, correction
exemplaire, manière intelligente, composition spirituelle, couleur harmonieuse, en rapport avec le
bon pays de France. Nous avons de ce maître, entre
autres spécimens, un *Corps-de-garde*, sous le n° 93,
tiré du cabinet justement renommé de Mme Blachet-
Gassier. Les Français, s'ils appréciaient leurs richesses artistiques, devraient l'évaluer plus cher qu'un
Ostade, autant qu'un Téniers. — Bourdon naquit
calviniste, semi-Hollandais.

Subleyras vint après Bourdon. Il quitta son pays **Subleyras.**
d'Uzès pour vivre à Paris et à Rome, où il puisa
tour à tour ses inspirations, laissant pour élève
notre portraitiste Duplessis et une renommée d'académicien. Je lui préfère un confrère né probable-
ment à Nîmes, d'une renommée moins étendue,

moins conventionnelle et d'un talent éprouvé, consciencieux.

Je veux parler de Reynaud Levieux, peintre d'histoire, fils d'un orfèvre appelé Jean de Nimes. Le *St–Bruno,* n° 547, tiré de la paroisse Saint-Jean de Malte, à Aix, est une toile selon nature, d'une netteté dans le dessin si remarquable qu'elle semblerait inspirée par l'étude de Raphaël ou imitée de Ingres. La couleur est vraie, sobre et lumineuse à la fois, et la composition empreinte d'une certaine maestrie qui captive d'autant plus que le compositeur est à peu près inconnu.

Reynaud Levieux.

Quelques années ensuite, M. Verdussen dirigeait notre école, et sa direction fut illustre. Verdussen peignit les batailles, les chocs de cavalerie avec une vigueur et un coloris que Van der Meulen, le peintre ordinaire du Roi, ne posséda jamais. Les batailles tirées du cabinet du baron de Samatan et de notre Musée, forment des pièces capitales à l'Exposition. L'apparition de Verdussen a été une révélation.

Verdussen.

Nous avons quelques échantillons de Lebrun et de Jouvenet ; nous avons, et c'est grand bien pour les hommes de goût, les esprits cultivés, les cœurs sensibles, deux toiles d'Eustache Le Sueur. Son *Christ,* n° 990, devrait être intitulé *Crucifixion.* Ce sujet, si fréquemment reproduit, ne nous lassera jamais ; et tant qu'il y aura un vrai peintre, le drame palpitant de la mort du Sauveur trouvera un

interprète. Quoi de plus solennel qu'un corps nu,
mourant sur une croix de bois, et aux pieds de Jésus-
Christ expirant, St-Jean ou St-Étienne et les saintes
femmes s'abandonnant à une douleur tragique ! Le
ciel se voile de ténèbres coupées par une lueur sinis-
tre, l'air semble s'agiter, et pour dernier plan, puisqu'il faut un fond au tableau, les lâches, les soldats
païens, fuyent terrifiés. Voilà ce que Le Sueur, dans
un espace assez restreint, a rendu avec un talent ou
plutôt un génie incomparable. L'auteur de la Vie
de St.-Bruno et du Martyre de St.-Laurent ne
dégénère jamais ; il est simple et fort, parce qu'il
est un penseur puissamment doué.

Les Italiens donnent au Guide cette belle œuvre,
que de légères retouches sur le corps nu ne par-
viennent pas à affaiblir.

Je crois peu à cette attribution italienne : l'œuvre
semble française au plus haut degré.

En contemplant avec enthousiasme la Crucifixion,
que le consul d'Italie a exposée, je n'ai été saisi
que d'un seul regret. Pourquoi pieux Eustache
n'êtes-vous pas Provençal ?

Au milieu de ce brillant concours dont le principal mérite est d'avoir une couleur toute locale qui
flatte notre patriotisme, au milieu de ce tournoi
galant, un enfant de Paris reste le maître. Paris
a donné naissance à deux sublimes organisations,
Molière et Sueur, tous deux artistes sympathiques

et qu'il nous sera permis de nous approprier un peu, puisque leur plus grande gloire fut celle de demeurer Français.

PORTRAITS.

Quand j'intitule ce chapitre de la sorte, ce n'est pas que je veuille analyser toutes les figures qui pendent aux murs. J'entends plus particulièrement parler de la rangée de portraits situés au-dessous des grandes compositions.

Comme le sentiment provençal domine l'ensemble, il nous faut bien nous familiariser avec la physionomie de nos aïeux : galerie vivante des mœurs, de la vie intime, des manières d'être de tous ces personnages aux allures vives et piquantes, à la mine ouverte, avec leurs perruques poudrées, leurs habits de velours et de satin broché, dans une tenue magistrale, pastorale ou guerrière.

Laurent Fauchier.

Le plus ancien portraitiste de notre pays, est Laurent Fauchier, fils d'un orfèvre et né à Aix vers 1631. Il s'adonna presque exclusivement au portrait et il excella dans ce genre de peinture, où, sans maître, sans conseils, il atteignit à la perfection de son art en étudiant et en copiant les portraits de Finsonius. Fauchier aimait tant la Provence, qu'il ne voulut jamais en sortir ; malgré les offres

brillantes qu'on lui fit, il refusa de se produire
à la Cour. Une lettre de Mme de Sévigné à sa fille
Mme de Grignan, semble indiquer que c'est en pei-
gnant cette dernière qu'il fut atteint, à trente-deux
ans, du mal auquel il succomba. Son faire a du
rapport avec celui de Simon Vouet, qui le connut
et l'admira sans restriction. Fauchier ne fut point
supérieur à Vouet, dont nous avons un petit chef-
d'œuvre, *Moïse sauvé des eaux*, n° 1124, cabinet de
M. Pascal.

Nous arrivons au grand règne.

Le voyage d'Anne d'Autriche et du jeune Louis
tendit à mieux relier la Provence au siége de la
royauté. Louis XIV rentrant à Paris avait une France
à lui. Richelieu avait préparé la besogne, et Louis
XIII n'eut jamais l'esprit assez pénétrant, l'énergie
assez mâle pour lier solidement le faisceau qui l'eùt
aidé à porter cette magnifique et lourde couronne.

Mazarin mort, Colbert parvenu, le roi majeur, le
goût se transformera.

Jusque–là, il avait été Espagnol ou Italien, rare-
ment Français, excepté au XVI° siècle, dans le petit
royaume de Seine-et-Loire, dont les capitales étaient
Chambord et Chenonceaux. Un peintre coquet com-
me une femme, Janet dit Clouet, naquit à Tours,   **Clouet.**
pour nous transmettre la galerie des parlementaires,
damoiselles et damoiseaux, pages et mignons de
son temps. Voir le joli portrait, n° 499, tiré du
cabinet de Mme la baronne du Laurent.

Sous le grand règne, la lumière vint du Nord ; moins vive, mais plus étendue, elle se répandit d'un bout à l'autre de la France. Il y eut de nobles existences dans les villes de province, des rapports sociaux à la place des haines, des défiances féodales. Une société nouvelle se forma dans les capitales du Midi. Alors les deux Mignard, déjà hommes faits, descendirent de Troyes, de Paris, pour se fixer à Aix, à Avignon ; et ces Champenois-Parisiens firent si bien, qu'ils acquirent par la vogue et un peu de talent, le brevet de Provençaux. Ils imaginèrent la mignardise, genre superficiel dont les femmes raffolèrent, ce même genre que Peter Lely sut exploiter à Londres et qui valut à tous l'insigne titre d'académicien. Op. n°° 625-644.

Mignard.

Cependant, si l'on excepte les tableaux d'église qui ne sont que des surfaces peintes, sans profondeur, quelques portraits, comme ceux des Sévigné, de Mme de Maintenon, de la Montespan, de Lavallière ou de la comtesse d'Archimbaud, révèlent de précieuses qualités qui servent l'art aussi bien que l'histoire.

Quant au portrait de la Dubarry en Diane, il n'est qu'une protestation gratuite contre la science des dates.

De Troy.

Les De Troy père et fils viennent de Toulouse. Cette origine n'est pas indifférente au critique, car ils s'éloignent pour le faire des Mignard et se rapprochent de Rigaud. Avec moins de vigueur que leur confrère de Perpignan, surtout dans le coloris et l'empâtement des chairs, ils entendent aussi noblement la draperie et la tenue des personnages. Chacun est venu admirer le portrait de M. de Longepierre, tiré du cabinet du marquis de Forbin d'Oppède.

D'Hyacinthe Rigaud quatorze portraits, op. 870– 883.

H. Rigaud.

L'art a fait la bascule. — Quand les Mignard refroidissent le Midi, Rigaud réchauffe le Nord. Seul entre tous, il traverse la première moitié du XVIIIᵉ siècle, assiste à toutes les pestes, maladies physiques et morales, sans trop dégénérer. La suprême gloire de Rigaud est de comprendre son époque ; il se garde du tableau d'église comme d'un écueil. Ce n'est pas qu'il n'y réussisse, mais en épicurien du Roussillon, il veut bien traiter la peinture pour jouir des hommages qu'elle peut procurer. Le proverbe vulgaire a été édité pour Rigaud : il a l'œil. Il observe et donne toujours à son sujet un œil observateur. Ses personnages vous regardent, quelques-uns même vous poursuivent. Dessinateur hardi, spirituel et fantaisiste dans les ajustements, novateur dans les poses, comprenant la couleur comme un enfant du Soleil. Ses meilleurs ouvrages nous viennent d'Aix et du cabinet de la marquise de Gueydan. Entre les nᵒˢ 876, 878, 879 on hésite à donner la palme; mais chacun s'empresse vers le n° 872, *Noble seigneur déguisé en joueur de corne-muse.* Quel berger ! quel seigneur ! grand Dieu ! à la face réjouie, pimpant des pieds à la tête, en tenue de bal et de soupé, n'ayant de pastoral que ce petit instrument de boudoir, en ivoire et frangé d'argent. Je ne connais rien au monde de plus mondain, de plus Louis XV que ce tableau, et il vaut tout un volume de mémoires.

Quant au portrait n° 882, attribué par le livret ou par la famille Dastros à Rigaud, il est l'œuvre de Fauchier et l'une de ses plus dignes. La tête est faible relativement à tout le reste qui est parlant; car en peinture, les mains, les pieds, les draperies et autres accessoires parlent et vivent quelquefois plus que la tête, en qui devrait résider principalement l'attribut de la vie et de l'expression. Le monde ne sait pas assez la différence qui caractérise la peinture vivante et la peinture morte ou inerte.

Peinture vivante.
Peinture morte.

La première constitue le plus haut degré de l'art et appartient au génie; la seconde est toujours l'indice de la décadence. Là où la pensée ne gît pas, l'art ne vit pas. Pour le connaisseur, le réalisme matériel, le dessin rigoureux, la couleur locale ne sont rien que des banalités, si la pensée n'est point révélée. Oui, l'art et surtout l'expression de l'art, ne peuvent se passer de cette transmission, de cette infusion en quelque sorte magnétique qui est le lien parfait entre l'auteur et son œuvre, l'artiste et l'objet. Ainsi, après le beau idéal qui est l'apanage glorieux des maîtres des XV° et XVI° siècles, qui dans sa naïveté se passe quelquefois de correction, on arrive à des formes plus vraies, à un mouvement mieux compris. Tel est le mérite saillant du siècle de Rubens, de Murillo, des Carrache et des Vénitiens postérieurs au Titien. On pourrait à la même époque, à l'avènement de Louis XIV, atteindre la perfection, joindre le beau idéal à l'animation et aux formes parfaites. Mais alors l'art en général tourne à la convention, on dessine pour dessiner, on peint pour peindre, et avec la convention pas de libre pensée, pas de génie, et le défaut de vie dans la reproduction de la nature. C'est ce que l'on est convenu d'appeler la décadence, sorte d'épidémie fatale à laquelle les artistes de ce temps, les maîtres eux-mêmes n'échappent pas toujours.

Il y a cependant une peste plus terrible que l'art conventionnel, c'est l'art officiel. Voyez la spirituelle brochure de notre compatriote Fouquier.

De Rigaud nous touchons à Largillière, qui est son contemporain.

Celui-ci, adroit, fin, distingué, fut recherché pour les figures blondes, alors que son rival semblait voué aux brunes. Largillière, faiseur inégal, a quelquefois atteint la perfection, comme dans son Louis XV enfant ; et plusieurs portraits venus d'Aix

Largillière.

Nos Peintres de la décadence. sont fort agréables. D'accord avec Rigaud, ils retinrent la décadence à laquelle ne résistèrent plus les deux Van Loo, ainsi que leurs élèves, Duplessis, Dandré-Bardon, Mlle Duparc, Revelly et Julien de Toulon.

Fragonard. Fragonard, de Grasse, fut le Watteau du Midi. Bien qu'appartenant à l'époque de la décadence, il sut mêler la grâce à l'énergie, à la fois coquet et précis, léger dans le sujet et ferme dans le dessin, coloriste même, excellant dans le pastel; et contemporain de Boucher, des maîtresses du roi, il laissait pressentir les peintures pastorales, le réalisme académicien et le caractère de la France sous un roi honnête et une princesse auguste.

Il faut arriver au règne de Louis XVI, et à celui des libres penseurs pour saluer l'austère Vien, et les sculpteurs réalistes, Houdon, le plus fameux des sculpteurs de buste (témoin celui de M. de Méjanes), **Hubac et Chardigny.** puis le classique et gracieux Chardigny, enfin M. Hubac, si chatié, si consciencieux.

DAVID. — RÉATTU. — GRANET.

La révolution éclate; alors la peinture se démocratise, et Louis David est le héros de cette phase artistique.

Si David reste peuple dans sa manière de comprendre et de reproduire son sujet, il aime l'Empire pour l'étalage des accessoires et le faste des cérémonies. Nous avons ici de lui un portrait n° 238, d'une froide simplicité et pourtant bien digne d'étude. Seulement les passants n'osent y regarder et les jeunes élèves y songer.

Le St.-Roch implorant la Vierge, appartenant à notre administration sanitaire, a une réputation européenne. L'exécution est incontestablement très-savante, et comme toutes les œuvres illustres de l'art, celle-ci vaut un chapitre d'histoire.—Observez le tableau longtemps, coupez-le du regard en deux parties : l'une, en haut, la Vierge au ciel, traitée à la mode de 1720, à la façon de MM. Coypel ou Van Loo, peintres du roi; l'autre, en bas, le malade souffrant de la peste, au corps nu, vrai, livide comme un moribond d'hôpital, traité selon les principes de 89. Quelle antithèse ! N'est-ce pas l'ancien régime aux prises avec le nouveau ! En un mot, la révolution dans l'art opérée par un conventionnel, le citoyen David et Monsieur David.

Ce tableau, qui s'est immobilisé à la *Consigne,* nous restera comme un précieux monument de l'art et de notre histoire locale.

En ce temps-là parut à Arles, un jeune homme du nom de Réattu. Sa vie artistique est ainsi résumée par le rédacteur du livret :

« Les monuments et les sites historiques qui

Biographie de Réattu.

abondent dans la vieille cité de Constantin, por-
tèrent de bonne heure Jacques Réattu à les dessiner.
Ce goût devint une passion et le jeune artiste alla
étudier à Paris en 1783. Il travailla d'abord dans
l'atelier de Jullien. Distingué ensuite par Reynaud,
il obtint en 1791, à l'Académie royale, le prix de
Rome, que lui valut son tableau la *Justification de
Suzanne*. Son séjour dans la métropole chrétienne
est marqué surtout par deux œuvres : *Orphée rede-
mandant Eurydice, Prométhée dérobant le feu du
ciel*. Lorsque les événements politiques amenèrent
la fermeture de notre école de Rome, Réattu passa
à Naples, où il demeura chez un digne négociant
français. Revenu à Marseille, Réattu peignit l'*Apollon, Neptune et les Ouragans, l'Échelle mysté-
rieuse*. L'administration lui donna domicile dans
une belle maison située sur la place Royale. Réattu
y exécuta : *l'Incendie de la demeure d'Alcibiade, la
ville de Marseille faisant construire le Lazaret, le
triomphe de la Liberté, la mort de Lucrèce, Mercure
et Argus, Ixion attaché sur la roue par les Eumé-
nides.*

« En 1818, il composa sa toile de *Narcisse et Echo*.
Cette même année lui vit confier la décoration du
Grand-Théâtre de Marseille. Bientôt, l'admirable pla-
fond : *Apollon et les Muses répandant des fleurs sur
le Temps* fut salué par les applaudissements en-
thousiastes de nos concitoyens et des voyageurs. Ce

chef-d'œuvre existe et sera certainement employé dans quelqu'un de nos monuments. En 1828 il exécuta , pour la ville de Beaucaire , trois tableaux de l'histoire de St.-Paul, placés aujourd'hui dans l'église consacrée à cet apôtre.

« Réattu , heureux et aimé de tous , fut emporté par une attaque d'apoplexie à l'âge de 72 ans. »

Nous devons à l'obligeance de Mme Grange tout ce que l'on voit de ce peintre à l'Exposition. Ces tableaux, ces dessins de petite dimension, ne sont généralement que des esquisses ; et par une sorte de fatalité , le peintre qui a produit des créations immenses et qui était appelé à produire les plus vastes sujets par la nature de son talent, ne peut nous montrer que des cadres exigus, rétrécis. C'est assez cependant pour comprendre la valeur de Réattu, qui, mieux dirigé ou plus encouragé, eût été le rival de David et chef d'école dans le Midi.

Chez lui, le dessin est antique, son relief égale celui de Phidias, exemple : *Cléobis et Biton traînant le char du sacrifice.* La couleur est vive, saisissante, quelque peu rougeâtre, le travail est châtié ; le mouvement n'est pas la fougue de Rubens ou de Velasquez, mais la vitesse électrique ; les hommes ne se meuvent pas, ils courent. Il aime, il recherche les groupes, et il les présente supérieurement. Alors que Prud'hon, son savant et voluptueux contemporain, ne s'applique qu'à un sujet et ne s'étend pas au delà de deux ou trois personnages, Réattu qui est préoccupé de l'effet choral, symphonique, masse les tons, amoncèle hommes et choses si nettement que chacun renvoie son effet à l'ensemble. Il est par excellence le peintre des rideaux de théâtre, des scènes dramatiques, des luttes à l'hippodrome, des ballets dansants. Il eût été inimitable faiseur de portrait dans le genre académique.

Réattu était estimé dans notre ville, il y deviendra justement célèbre.

Entre lui et David, on a classé les intérieurs de Granet. Que dire de cet interprète des couvents romains avec leur majesté misanthropique ou leur simplicité vulgaire, sinon que l'interprète est un aimable original qui a créé un genre dont il a abusé. Clérian fils était son élève et un imitateur si fidèle, qu'il égalait et surpassait quelquefois le maître.

Granet-Clérian.

Dans l'atelier de Clérian, où j'appris bien jeune encore les principes dans l'art de manier les pinceaux et de salir une palette, mes camarades et moi ne concevions pas autre sujet que des capucins au lutrin ou des carmélites rêveuses. Ce genre fit peu de prosélytes; la coupe était épuisée et la race des granétistes s'est éteinte.

CONSTANTIN ET LES MODERNES.

La noble ville d'Aix, à qui nous devons tant en cette circonstance, a eu l'insigne privilége de présider au génie de la science et de l'art sous l'ancien régime. Non-seulement elle a emprunté son illustration à ses propres enfants, à ses fils légitimes, mais encore à tous les étrangers qu'elle a en quelque sorte légitimés et qu'elle a adoptés généreusement et pour sa plus grande gloire.

Jean-Antoine Constantin, peintre, dessinateur et graveur, né à Marseille en 1756, est considéré comme originaire d'Aix, parce qu'il a passé la moitié de sa longue carrière dans la capitale de la Provence.

L'œuvre de Constantin est très-importante et elle occupe presque une salle entière, l'une des deux annexes.

Toute justice a été rendue à cet homme de bien, à ce travailleur obstiné, à cet artiste éminent que nous aimerons toujours, parce qu'il fut vers la fin de sa vie notre maître de dessin et, mieux que cela, notre initiateur au goût et à l'étude du beau dans la longue série des beaux-arts. Les plus estimables des hommes sont ceux qui contribuent à une bonne

4

éducation ; après·la mère de famille, ils prennent place dans notre souvenir et notre gratitude.

Son Influence. L'influence de Constantin a été, dans un autre ordre d'idées, au moins aussi étendue que celle de Puget. Constantin a vécu en Provence à l'époque où se sont formées les plus riches et les plus attrayantes collections d'antiquités, de tableaux, livres, médailles, d'estampes et surtout de dessins. Ainsi, les cabinets Sallier, de la Goy, Bourguignon de Fabregoule, de l'abbé Topin, de l'Estang-Parade, Pons, Giraud, etc. Pour ceux qui n'apportent pas de prévention dans leurs jugements, je dirai qu'il a excellé dans cette époque brillante qui a précédé la tourmente révolutionnaire, ainsi qu'au temps de calme et de réflexion qui l'a suivie. Il a été associé à toutes les inspirations artistiques de nos pères qui manquèrent trop souvent de reconnaissance envers lui, envers cet homme artiste dans son essence, trop insouciant peut-être, indifférent aux misères de la vie, bien qu'elles nous assiégent constamment et défient notre philosophie.

Constantin mort, la peinture, le dessin, la statuaire même n'ont pas eu à Aix d'interprètes bien marquants, et le silence s'est fait de nouveau dans cette belle cité injustement condamnée au silence.

Nous avons de lui six tableaux et quarante dessins ; de plus cinq eaux-fortes, très-rares, très-jolies, envoyées d'Aix par mon parent, l'aimable et savant docteur Pons.

Malgré l'optimisme de certains admirateurs, les peintures de Constantin sont quelquefois médiocres ; il n'eut pas acquis une si juste et si large renommée, s'il n'avait pas fait jouer un rôle important au lavis à la sepia et surtout aux dessins à l'encre de Chine. Là, Constantin expose un vrai talent où l'originalité marque cependant plus dans la manière que dans la composition. La manière, le faire, l'art de tracer avec la plume et d'orner avec le pinceau lui appartient ; la composition est indiquée par l'éducation qu'il reçut de ses maîtres, de son voyage en Italie et du caractère final qu'il sut lui donner. Il emprunte pour cela beaucoup à l'académicien Giry et en Italie à Salvator Rosa, aux Carrache, au Dominiquin.

Giry.

Notre Giry, que nous connaissons grâce aux envois de sa famille, était animé du goût le plus pur. A Paris il avait suivi l'école de Vien, et à Marseille il avait façonné Constantin au maniement du crayon noir ou rouge, alors à la mode. Giry demeure Français, se préoccupant dans le paysage plus du détail que de l'ensemble, sacrifiant quelquefois le calme solennel ou boudeur de la nature à la mise en scène des premiers plans. Aussi Constantin s'avança plus que lui dans cette noble voie de l'imitation de la nature, toujours large dans le trait, grandement inspiré par le sujet qu'il traitait avec des effets magiques.

Les meilleures peintures de ce dernier ressemblent, pour la suavité de la touche et de la lumière, à celles de Jean Both, l'Italien mixte, ou bien à celles de Salvator, pour la tournure des arbres et des rochers. Les figures, les personnages seuls sont l'écueil contre lequel il se brise ; il ne les comprend qu'à la façon des anatomistes de son siècle, gens d'analyse et de dissolution. Aussi n'est-il heureux qu'en les habillant, et les bergers ou les capucins viennent mieux sous sa main que les baigneurs ou les athlètes désossés.

Ses amis ont ici l'embarras du choix.

Collections Gabriel et Dufour. Ils ne savent s'ils doivent plus louer les grandes ou les petites œuvres. Les plus capitales nous viennent des cabinets de MM. Gabriel, et Dufour. L'*OEdipe et Antigone* passe aujourd'hui pour une des plus estimables compositions; et M. Gabriel, dont le coup d'œil est si finement exercé, l'a acquise dernièrement à un prix inférieur à sa valeur. M. Gabriel a fait plus encore que d'acquérir des dessins remarquables de Constantin : il a formé une collection d'estampes anciennes que nous trouvons à l'Exposition, et cette collection honore le possesseur autant par le discernement qu'il a prouvé en la formant, que par le service qu'il a rendu à ses compatriotes en les faisant passer auprès des étrangers pour des protecteurs éclairés des Beaux-Arts.

Après les estampes viennent les dessins et les gravures.

— L'ensemble de ces jolis petits cadres est tout-à-fait séduisant. En groupant les lots de tous ces cabinets dus à l'intelligence distinguée des amateurs, de MM. Gabriel, Pascalis, Olive, Menut, Maurel et autres, on a composé une galerie de premier ordre, comme il ne sera jamais plus donné aux curieux de rencontrer dans notre ville et même ailleurs.

Collections Pascalis, Maurel, Menut.

Citons pour mémoire les noms de ces génies de la gravure à l'eau-forte et au burin : Callot, Rembrandt, Dürer, Goltzius, Marc-Antoine, Edelinck, Nanteuil, Berghem, Berwic, Boissieu, Bolswert et Pontius, Balechou né à Arles, la capitale de la Hollande provençale, les derniers Parrocel, Goya, Potter et Vosterman.

Une large place a été consacrée, dans la grande salle, aux meubles, faïences, ivoires et autres merveilles du cabinet Michel-Colomb de notre ville. M. Michel, tout comme nos riches amateurs, a illustré notre cité, et nous lui devons des hommages d'autant plus légitimes, que sa passion artistique s'est adressée à un sujet généralement peu traité. Il nous suffit de rappeler les porcelaines de vieux Sèvres et de Saxe, de Chine et du Japon, les faïences du XVI^mo siècle, les plats à reptiles de Bernard Palissy, les verres de Venise, les émaux de Lucca della Robbia, les émaux en couleur de Limoges ou byzantins, etc. On prétend que ces jolis ouvrages

Cabinet Michel-Colomb.

vieux comme le bon vieux temps, charmants comme la Renaissance, sont d'une façon exquise et d'une rareté extrême.

Voilà pour l'œuvre du passé.

Contemporains. — Quant à l'œuvre contemporaine, elle échappe adroitement à une saine, à une juste critique, parce qu'elle est inégalement représentée.

Un vaste salon est affecté tout entier aux œuvres de l'infortuné Papety, de Gustave Ricard, le profond portraitiste, qui a tant demandé aux génies des célèbres Velasquez et Titien, qui produit avec une distinction incessante et semble nous dire, après chaque production : Je fais bien et je ferai bien mieux encore.

Les trois Vernet, puis Gericault, Prud'hon, Pradier, Paulin Guérin, sont ici associés à Roqueplan, Couture, Ph. Rousseau, Bontoux, Loubon, Courbet, Hébert, Gresy, etc. Pourquoi avoir oublié dans le nombre des modernes vivants, MM. Barry, Billet, Magaud, Simond, Roux et Tanneur les marins, qui sont bien nos compatriotes et dont le mérite est incontestable. — Il y a là un manque de courtoisie, et la faute est grave, puisque l'oubli s'adresse aux vivants, à ceux que nous connaissons, que nous apprécions tous.

MÉLANGES.

Pour compléter le récit de l'Exposition , pour raconter tout cet événement artistique, il faudrait passer en revue ce qui est volontairement omis, en un mot le lot de l'étranger, les merveilles italiennes et hollandaises.

La tâche du critique, pour être plus étendue , serait-elle plus vraie ? Il nous faudrait parler de tout , et il est déjà si difficile de bien parler de peu. Puis , à mesure que le champ s'agrandit , les jugements s'étendent et offrent moins d'intérêt. Entamer une dissertation sur toutes les écoles à propos de quelques chefs-d'œuvre clair-semés ou de quelques copies habilement réussies, forme une besogne longue, pénible, quelquefois sans attraits. Nous nous bornerons à citer , en dehors des œuvres provençales, quelques parties saillantes dans l'exposition des œuvres étrangères.

Le portrait de la Joconde, appartenant à M. Paul Autran, a fixé l'attention des connaisseurs. Voici comment M. Chaumelin, un intelligent critique , caractérise ce portrait, et il me semble avoir sainement jugé : « Quant à la Mona Lisa , si ce n'est une répétition (*replica*) du célèbre tableau du Louvre, c'est bien certainement une des meilleures co-

La Joconde.

pies qui aient été faites de cet admirable portrait. On sait que Léonard de Vinci fut si vivement frappé par les traits et l'expression de la Joconde, que ce type lui devint familier, et qu'il le plaça dans plusieurs de ses compositions. Ses élèves s'essayèrent souvent à copier cette merveilleuse figure qui, selon Vasari, est une œuvre plutôt divine qu'humaine. On trouve de ces copies en Angleterre, en Espagne, en Russie, dans les principaux Musées et même dans plusieurs collections particulières. La Joconde que l'on voit à l'Exposition marseillaise est une de celles qui reproduisent l'original avec le plus d'exactitude : c'est le même sourire désespérément doux, le même regard humide qui vous poursuit et vous fascine, les mêmes paupières légèrement gonflées et garnies de cils imperceptibles, la même chevelure qui retombe en fleuve d'or sur des épaules de marbre. Un ruban étroit posé sur le front, remplace le fil d'or qui, dans le tableau du Louvre, retient un voile léger sur cette tête d'enchanteresse : c'est là, je crois, la seule variante qu'on puisse noter. Les mains, qui ne se retrouvent pas dans quelques copies, sont très-belles dans celle-ci. Le fond est le même : un lac bordé de rochers aigus et éclairé par les lueurs mourantes du crépuscule. »

Ceci tend à prouver le rôle sérieux que les copies peuvent jouer dans l'art de la peinture. Il faudra toujours discerner dans le commerce des tableaux les copies de rebut, banales, fausses interprétations de l'original, au milieu de celles ordinairement moins nombreuses qui émanent du premier artiste ou d'un élève contemporain inspiré par le sujet, sous la direction du maître.

Il n'y a plus alors, entre la copie et l'original, qu'une affaire de prix appréciable plus par les marchands et les brocanteurs que par les hommes de goût, passionnés pour le beau, quel qu'il soit.

N'a pas de bonnes copies qui veut.

Toute la question est dans la manière de payer et la science du connaisseur. Le possesseur d'une belle copie, alors qu'il le sait et qu'il a payé en conséquence, est à la fois un homme heureux et distingué.

L'imitation intelligente dans l'art peut bien être recommandée, et cette imitation s'étend à tous les objets.

Les reproductions des marbres ou des bronzes antiques ne valent pas les originaux; mais elles procurent à ceux qui voyagent et étudient peu, beaucoup de connaissances et un peu de bonheur.

On m'apprend qu'un de mes compatriotes, à la recherche d'un style nouveau en construction, a imaginé d'élever dans sa terre un château d'après le modèle de Chenonceaux. Le style ne sera pas nouveau, mais il sera du style.

Si nous admettons les copies ou les traductions spirituellement produites, nous repoussons les attributions fausses et maladroites. Les Musées et les cabinets d'amateurs ne sont pas exempts de ce dernier défaut, qui tient surtout à la vanité de notre nature, plus qu'à l'ignorance de notre esprit.

Qui n'a pas un Raphaël, un Paul Potter dans sa galerie ?

Paul Potter. L'Exposition offrait quatre sujets douteux de ce dernier peintre qui vécut vingt-neuf ans, environ dix ans de moins que Raphaël et qui, dans sa passion pour le vrai et son originalité dans le détail, observait longtemps avant de comprendre et d'imiter la nature.

Les œuvres de Potter sont donc très-rares et ne doivent être acceptées que sous bénéfice d'inventaire.

Nicolas Berghem et Jacques Ruysdael, qui eurent aussi la passion des champs, vécurent davantage et laissèrent un plus grand nombre de tableaux. Ceux de l'Exposition sont généralement authentiques et quelques-uns de la plus belle manière. MM. Gower, Bec et Dufour, ont bien mérité les éloges des visiteurs.

N. Berghem et J. Ruysdael. Quant aux trois grands hommes que nous venons de citer comme interprètes de la nature champêtre, il faut se borner au jugement si parfait que la critique a résumé en trois mots : Paul Potter représente le réalisme ; Berghem, l'imagination ; Ruysdael, le sentiment.

Hobbéma, qui a été récemment inventé, comme une île au milieu de l'Océan, est un génie mâle, entier. Il faut l'étudier pour le comprendre. Aussi, n'est-il pas accessible comme son contemporain Albert Cuyp, chaque jour plus goûté, plus estimé des collectionneurs.

Les Cuyp.

Que de fois je me suis avancé du portrait de femme n° 211, appartenant à M. Bourguignon ! Quel sujet d'étude pour les jeunes gens qui ignorent l'art de peindre et l'art plus difficile encore de saisir les physionomies ! Pourquoi ne point apprendre l'histoire, la physiologie et la politique même sur les anciens et beaux portraits ! Les sciences progressent, il est vrai ; les études demeurent inintelligentes et fausses.

Un portrait de Jh. Vernet, par lui-même, n° 1096, moins fin, moins profond que le précédent, suffit pour caractériser l'époque des économistes, des chimistes et des premiers romantiques. Vernet a la figure quelque peu commune, plébéienne, un habit d'artisan coupé pour le désespoir d'un noble, et à la main un porte-crayon muni de la craie blanche, très-propre à la démonstration. Cet artisan fut l'auteur des marines et des églogues coloriées que chacun connaît. Op. 1092, 1094, 1105.

Joseph Vernet.

IMPORTANCE DU GOUT.

Il nous est bien venu de tout à l'Exposition. Le visiteur débutant, le disciple novice a pu se satisfaire et se perfectionner, et s'il a été dirigé par un guide expérimenté, il aura meublé avec profit son esprit et enrichi son érudition.

Il n'y a manqué précisément que ce que les vieux amateurs cherchaient avidement : ces quelques œuvres rares et précieuses qui valent tant d'or et qui, placées ici, auraient donné la mesure de la distance qui les sépare des œuvres ordinaires.

Tribune Florentine. J'ai toujours pensé qu'en faisant aux riches collectionneurs un salon à part, une sorte de tribune florentine, on eût rompu leur réserve, leur prudente froideur.

Ainsi, à part le fameux Ruysdaël, la Kermesse de Téniers et un paysage de Dujardin, M. Bec s'est abstenu. M. Forcade, qui a quatre tableaux superbes, a envoyé des Charlet. M. Bourguignon, d'Aix, a été généreux, tout en gardant le tableau qui orne le plus sa galerie : les *Amours de Van Balen*. La famille de l'Estang-Parade a tout gardé, et cependant on voit à l'hôtel de la rue de la Comédie, les gracieuses miniatures sur cuivre de Simmone Memmi, le M. A. Raimondi, par Raphaël, un savant Terburg et un Téniers bien authentique. — Même réserve chez le vénérable M. Viel. En somme, l'Exposition a réussi, et j'ai tenu, en ma qualité de Provençal, à en célébrer les mérites. Seulement, on éprouve un sentiment bien légitime de tristesse en songeant que cette réunion si brillante de chefs-d'œuvre et de raretés de toutes sortes, tant et si justement admirés, vont de nouveau et pour toujours peut-être se trouver disséminés dans notre contrée, rendus à leurs Musées, à l'isolement des châteaux et des hôtels de l'ancienne noblesse, au demi-jour des collections particulières, à l'ombre des églises.

Je souhaite que la vue de tous ces objets d'art ait largement profité à mon pays, qu'elle ait initié au goût le plus pur les bonnes natures et préparé les natures rebelles. Il est pénible de constater que notre population a montré peu d'empressement pour ce genre de distraction. A des curiosités sérieu-ses, instructives, moralisatrices, elle semble pré-férer les agitations de l'hippodrome, les émotions du Gymnase ou les frivoles et vaniteuses exhibitions d'une fortune trop souvent passagère. Beaucoup ne sont pas venus parce qu'ils ne comprenaient pas. Qu'est-ce que cela prouve? Premièrement, un défaut de goût; secondement, un défaut d'éducation.

Il est regrettable que le peuple le plus intelligent, vivant au milieu du plus beau pays du monde, ne soit pas le peuple du goût par excellence. Aussi,

Préférences des Marseillais.

les efforts des amis de la Provence et de Marseille en
particulier, doivent–ils tendre à amener prochaine-
ment une amélioration aussi salutaire.

Que peut-on ajouter au sujet du perfectionnement
civilisateur apporté par les Beaux-Arts chez un
peuple? Que peut-on écrire de mieux que tout ce
qui a été écrit par les politiques les plus éminents ?
Et, sans contredit, s'il est un peuple dont le perfectionnement par le goût artistique peut être désiré
et réalisé, c'est bien le nôtre, notre peuple Phocéen
en qui les races vives et généreuses de l'Ibérie, de la
Grèce et de l'Italie se confondent, et qui a besoin
seulement, pour devenir meilleur, d'une éducation
meilleure, car il ne demande qu'à être bien élevé.

oût artistique. Le goût, dans la saine acception du mot, est une
vertu morale, et à ce titre seul, il doit entrer dans
l'éducation du peuple.

Le goût artistique, celui sur lequel nous écrivons,
qui est le dominant, a un caractère complexe, des
attributs variés. Il semble surtout avoir une double
origine, en ce sens qu'il naît spontanément chez
l'homme, et qu'il peut être tellement développé
par l'éducation, qu'il se manifeste alors avec tous
ses phénomènes, comme s'il n'était point arrivé
primordialement, *in extenso*.

On a défini le goût, la notion du beau.

Winckelmann, dans son livre méthaphysique *Du
Beau*, et Diderot dans les *Comptes-rendus*, en ont

ainsi jugé. Avant eux , Voltaire et Montesquieu avaient écrit sur ce sujet plein d'attrait. Ne pourrait-on pas compléter la définition en admettant qu'à la notion du beau doit se joindre l'application ? Ou bien, si les penseurs ne le permettent pas, déclarer que la simple notion du beau, sans la faculté de la témoigner et de la transmettre, est une notion incomplète ?

Connaître le beau ne suffit pas, au point de vue artistique, il faut encore, pour avoir du goût, sinon exécuter de belles choses, du moins les percevoir de manière à se les approprier, à les faire siennes par la manifestation de ses propres sentiments et la communication qu'on peut prêter aux autres hommes.

Le goût n'est plus ainsi une faculté abstraite, comme le beau , avec lequel il pourrait avoir des rapports plus fréquents, plus immédiats.

Quand on s'élève philosophiquement dans l'ordre des faits moraux, on comprend vite que rien n'existe, que rien n'a été créé pour demeurer isolé, stérile.

L'Art, le Goût et le Beau.

Il importe donc de distinguer l'art du goût et le goût du beau, de donner à ces trois mots la signification qui leur est propre, puisqu'ils représentent des idées différentes, susceptibles seulement de se rapprocher, de se combiner et jamais de se confondre.

Le beau s'entend spécialement de tout ce dont les proportions, les formes et les couleurs plaisent aux yeux et font naître l'admiration.

Le goût, simple notion, a varié selon les époques et chez les différents peuples avec l'idée qu'on se faisait du beau : de là, l'impossibilité d'établir des règles communes et absolues. On s'accorde néanmoins assez généralement, dans les Beaux-Arts, à reconnaître qu'il existe un idéal du beau, ou du moins qu'en matière de goût, tout objet doit être jugé d'après le modèle qu'il est destiné à représenter et d'après l'harmonie des détails avec l'ensemble. Dans tout ce qui n'est pas au rang des Beaux-Arts, dans les objets de mode, le goût est tout-à-fait arbitraire. Le bon goût naturel est une qualité aussi rare que précieuse ; mais le goût s'acquiert et, comme nous l'avons dit plus haut, se développe par l'étude des grands modèles et dans le commerce des grands génies.

La science du goût dans les arts est l'esthétique.

L'art, vertu ou puissance opposée à la science pure, signifie l'ensemble des procédés par lesquels l'homme parvient à produire quelque œuvre, soit dans le but d'assurer sa conservation et son bien-être, soit pour faire naître quelque jouissance intellectuelle ou morale.

Ceci posé, l'importance du goût se révèle elle-même, et le rôle qu'il est appelé à jouer dans toute civilisation est immense.

Notre civilisation veut être en possession du goût,
et nous sommes obligé de convenir qu'elle y a
des droits.

On s'évertue depuis quelques années, dans les
régions officielles, à souhaiter l'expansion du vrai
bon goût au milieu des masses. Cette tendance politique est fort louable; mais le succès a-t-il couronné
les œuvres? Est-il bien certain que la volonté des
hommes d'État puisse créer le goût et le vulgariser?

Je n'ai jamais lu dans l'histoire que Sésostris,
Périclès, Auguste, Léon X, Guillaume de Hollande, Philippe de Bourbon, les rois maures ou le
grand Mogol se soient imposé d'énormes sacrifices
pour voir le goût fleurir de leur temps.

Il se forme et ne se crée pas.

Le goût, mode de convention, se forme et ne se
crée pas.

Puis, qu'on y réfléchisse, que d'idées de convention sont attachées à cette faculté? que de tendances
la mode fait naître, et par mode, j'entends les manières d'être, le monde extérieur chez tous les
peuples?

Je n'ai jamais cru à l'enseignement du goût,
comme à l'enseignement mécanique, scientifique,
littéraire. Il n'aura jamais une chaire à l'Université,
parce qu'il n'est point une science; mais, aussi
bien que l'hygiène, les sentiments, l'instinct, les
pratiques religieuses, les devoirs sociaux, il est du
ressort de l'éducation. Les mères de famille sont

tenues d'en avoir, pour en donner à leurs enfants. Il en est du goût comme de la première nourriture de l'homme.

Les avantages que procure cette faculté n'ont pas besoin de commentaires. Ils sont tels que sa présence ou son absence dans un État, dans une famille, dans un individu, révèle exactement le fort et le faible de l'État, de la famille, de l'individu.

Pour développer, pour modifier cette faculté exquise, il faut s'adresser, non pas au pouvoir, à l'autorité, comme on paraît le supposer et comme on est toujours tenté en France de le faire, mais bien plutôt au libre arbitre, aux mouvements spontanés de l'âme. Quelques écrivains ont démontré avec une certaine apparence de succès, que le goût avait fleuri sous les tyrans. Vérité vraie pour ceux qui jugent tout à la surface, n'approfondissent jamais les faits historiques, décident par les effets et non par les causes. Ces mêmes écrivains auraient dû distinguer le goût, faculté spirituelle et essentiellement relative, des arts, qui n'expriment que des manifestations extérieures. Ils auraient dû reconnaître que les siècles de Périclès et d'Auguste avaient reçu leur illustration artistique et leur célébrité dans le goût, des aspirations libérales des artistes. Les tyrans sont comme les écrivains : ils oublient toujours quelque chose ; ils pensent à proscrire des sujets, à amoindrir l'énergie de la pensée humaine, et ils ne songent pas à détruire les objets de l'art, qui, alors même qu'ils les représentent et flattent leurs passions grossières, demeurent assez majestueux pour agiter l'imagination des sujets qui, un jour, se révoltent contre eux. Ces faits sont ceux de l'histoire des hommes que nous venons de citer. L'art a vu passer les empires, et seul il est demeuré.

Je ne cite pas le siècle de Léon X, puisqu'il est le siècle de la Renaissance. On le voit, il est important de ne point confondre l'art et le goût.

Les Provençaux, et les Marseillais en particulier, auraient peut-être un goût plus pur, s'ils étaient eux-mêmes moins tenus d'obéir à une force centralisatrice qui les fait Français, alors qu'ils le sont moins que d'autres, moins que les Parisiens, les Normands ou les Bourguignons, par exemple. Leur caractère est fatalement mixte et manque de race, si l'on peut s'exprimer ainsi. Ajoutez à cette cause d'autres causes très-nombreuses, et l'on trouvera le défaut que nous signalons. Je ne puis indiquer toutes les causes, car elles sont, comme partout où le goût est repréhensible, innombrables. Les causes qui le modifient sont comme des atômes, invisibles, impondérables et infinies.

Comment les atteindre, dira-t-on, puisque nous croyons aux modifications par l'éducation ? Rien n'est plus simple. Nous répondons : en donnant aux hommes civilisés des institutions telles que tous

Il est
le Progrès.

les efforts tendent vers le mieux. D'où la conclusion
que le goût correspond au progrès, et qu'il est peut-
être à lui seul la plus vraie et la plus importante
part du progrès.

FIN.

TABLE DES MATIÈRES.

www.ingramcontent.com/pod-product-compliance
Lightning Source LLC
Chambersburg PA
CBHW060808180626
46818CB00002B/753